Marceline Putnaï

Mystère à Cannes

Ernst Klett Verlag
Stuttgart · Leipzig

LES ACTEURS

ISA LASALLE

Actrice
35 ans

MARC AUBRET

Acteur
35 ans

FRANÇOIS CLÉMÈNT

Directeur du
Festival de
Cannes
60 ans

ROSA O'NEILL

Journaliste
51 ans

ABBAS MABROUK

Réalisateur
46 ans

MARCO ANTONOVSKI

Réalisateur
52 ans

MIKO

Top Model et
compagne de
M. Antonovski
33 ans

ROBIN BENSOUSSAN

Assistant de
M. Antonovski
30 ans

JULIA PALM

Ex-femme de
M. Antonovski
50 ans

ALI MEKHICHE

Commissaire
47 ans

TOM

Photographe
26 ans

Table des matières

Livre audio et appareil pédagogique

Diese Materialien stehen im Internet, kostenlos zum Herunterladen: Gib den Code in das Suchfeld auf www.klett.de ein.

Mehr dazu 🌐 Hier befinden sich das Hörbuch zur Lektüre
kp779b   und passende Arbeitsblätter.

1 CANNES, J-1

Demain, c'est le premier mai. Derrière son bureau, François Clément essaie de retrouver son calme. Il est directeur du Festival de Cannes depuis plus de quinze ans, mais un jour avant le début du Festival, c'est comme s'il ne l'avait jamais été. Plus de 14 000 personnes sont arrivées dans la ville, des spectateurs, des fans, des curieux en tout genre. Il y a aussi 5000 journalistes, 400 photographes. Ils voient tout, ils entendent tout, ils espèrent tous la même chose: faire la photo qui fera scandale, surprendre par hasard une star dans une situation bizarre…

François Clément n'a pas encore mis son costume noir. Il passe la main dans ses cheveux blancs, pose ses lunettes sur la table. Cette année, cela va être explosif! Il vient de recevoir un mail de l'assistant de Marco Antonovski: «Hôtel et salle de conf' presse: magnolias blanches sur la table svp.» Et puis quoi encore? Il est directeur du Festival, pas fleuriste! Mais il imagine très bien le stress de l'assistant dont il a oublié le nom et passe un coup de téléphone à l'hôtel Martinez où Antonovski et sa troupe ont réservé un étage. Il faut dire qu'Antonovski change d'assistant au moins six fois par an. Cette année, Marco Antonovski présente son nouveau film, il participe à la compétition pour la Palme d'Or. Ah ça, ça va être … comment dire, un grand rendez-vous médiatique!

Antonovski avait toujours été un réalisateur aux films étranges mais depuis quelques années il était devenu une sorte de professionnel du scandale! François Clément avait l'impression qu'Antonovski avait pris la décision de choquer tout le monde. Les religions, la morale, l'écologie, les défenseurs des animaux, il les avait tous déjà scandalisés dans plusieurs films.

Cette année, il présentait «Tais-toi!», un film dont on ne savait pas *«Sei still!»* encore beaucoup de choses. Il gardait bien le secret.

François avait discuté avec quelques critiques de cinéma et spécialistes qui parlaient d'un film contre les femmes, un film qui montrait toutes les femmes, jeunes ou vieilles, comme des créatures méchantes, des bêtes ridicules.

blöde Kreaturen *lächerliche Wesen*

Le portable de François Clément était sur la table et avait déjà sonné et vibré au moins une dizaine de fois en cinq minutes. Il fallait retourner au travail. Il s'est levé, a quitté son bureau et a retrouvé son équipe au premier étage du Palais des festivals. Dehors, il faisait un temps magnifique, le ciel était tout bleu, sans un nuage. Sur la plage, les premiers adorateurs du soleil s'étaient déjà installés. Est-ce que c'était bon signe?

François Clément se posait la question quand il a entendu quelque chose.

François Clément: Qu'est-ce que c'est? Qu'est-ce qu'on entend?

Ses assistants l'ont regardé. Personne ne voulait parler.

Un assistant: Euh, ce sont les … euh, les premiers … euh … spectateurs.

François Clément: Ah, déjà! Ils ont l'air en forme cette année.

François Clément est allé à la fenêtre. Sur la place devant les célèbres marches, il y avait une vingtaine de policiers et une cinquantaine de personnes avec des panneaux devant les palmiers.

François Clément: Des fans, c'est ça?

François Clément a tourné la tête avec un sourire triste.

Il y avait encore beaucoup de choses à faire avant demain:

préparer la conférence de presse, s'occuper des actrices stressées par leurs robes et leurs coiffures, parler avec le jury, voir si ses assistants avaient tout préparé pour les soirées des jours suivants et surtout pour le gala d'ouverture demain et au moins dix mille autres détails. Le stress était revenu, enfin! Il n'avait plus le temps de penser à Antonovski.

✿✿✿ Tom était descendu du train à 12h35. Terminus, gare de Cannes.

Le soleil était là, au rendez-vous. Quel temps magnifique ici!
A Paris, le ciel était gris ce matin-là, il avait plu toute la nuit. Dans le train, Tom avait vu le paysage qui changeait, finalement la lumière du Sud avait gagné contre le gris après Lyon.

Un peu nerveux, Tom a ouvert son sac. Est-ce qu'il avait tout, sûr? Rien oublié? Il avait déjà regardé une dizaine de fois dans le train. L'appareil photo était là, ce beau et luxueux Leica, le meilleur ami du photographe. Il se l'était acheté l'année dernière pour son anniversaire. Grâce à lui, il avait gagné le prix du jeune photographe de la ville de Nantes avec son reportage sur Royal de Luxe.
On s'était intéressé à lui, à son travail, on avait vu ses photos dans les magazines de photo et finalement la grande agence Mediaset l'avait appelé un matin du mois de mars.

La chef de projet: Pourriez-vous aller pour nous au Festival de Cannes cette année? Nous cherchons un nouveau genre de photos, moins glamour, plus authentiques. Nous voulons montrer les vraies personnalités derrière les stars! Vous êtes intéressé?

Comme il ne répondait pas (il ne pouvait plus parler), la femme au téléphone a continué:

La chef de projet: Ah oui, bien sûr les conditions… J'avais oublié de vous les donner, pardon. Alors, vous resterez deux semaines à l'hôtel Excelsior, c'est un trois étoiles à 5 minutes de la Croisette, nous paierons tout pour vous. Nous voulons l'exclusivité de vos photos, 12 000 euros pour les deux semaines.

Tom avait réussi difficilement à dire: «D'accord.»

Et maintenant, il était là, à Cannes. Un photographe dans la troupe des 400. Le dernier festival qu'il avait photographié, c'était le Festival des Vieilles Charrues à Carhaix-Plouguer en Bretagne deux ans avant. Il avait adoré mais c'était un rendez-vous un peu moins … international. Et surtout, il n'avait pas vendu une seule photo.

Il réfléchissait à cette chance incroyable d'être là. En plus, il adorait le cinéma, pas les grosses machines américaines et leurs millions de dollars, non, plutôt les films que des réalisateurs inconnus avaient faits dans des conditions difficiles. Le directeur du Festival, François Clément, avait toujours réussi à présenter des films comme ça ces dernières années: des films du Mexique, du Burkina-Faso, d'Afrique du Sud, du Yémen. Et les films avaient trouvé leur public ici, à Cannes. Avec un peu de chance, Tom pourrait rencontrer plusieurs de ces nouveaux réalisateurs! Voilà les interviews dont il rêvait… Il avait aussi besoin de rencontrer des stars pour son reportage.

Dans le train, il avait lu un article sur Antonovski. Il y a longtemps, Antonovski faisait du bon cinéma mais avec le temps, il était devenu une caricature, s'était dit Tom; sur les photos, il avait vu un homme qui n'acceptait pas de devenir vieux et détestait pour cela le monde entier!

2 SCANDALE ET CHOCOLAT

Voilà, le grand cirque a commencé. Sur la Croisette, comme depuis cinquante ans, les starlettes se promènent, font des beaux et larges sourires aux journalistes et vivent avec un seul espoir: rencontrer un grand réalisateur. Un grand ou un moyen, ce sera déjà très bien. Les fans et les manifestants attendent toujours l'arrivée d'Antonovski. C'est drôle, ils commencent même à discuter. Les jeunes filles sortent les photos de leurs acteurs préférés, les manifestants leur expliquent qu'Antonovski est un horrible macho provocateur. A Cannes, tout est possible.

Les journalistes, eux, courent dans toutes les directions. Avoir une interview avec Nicole Kidman, Omar Sy, Scarlett Johansson, Matt Damon ou Catherine Deneuve, c'est un peu comme faire un sprint vers le mont Everest. Mais rien n'est impossible pour les paparazzis professionnels! Aujourd'hui, on va pouvoir voir les premiers films en compétition: on le sait, le public n'est pas facile à Cannes.

Dans les hôtels, les stars se préparent pour leurs premiers pas sur les marches et son célèbre tapis rouge. Si on pouvait voir derrière les portes de ces chambres géantes de 200 m²!
Des robes incroyables, des coiffeurs hystériques, des maquilleurs qui pleurent, des cris, des larmes, des robes qui ne ferment plus, des boutons de stress, des yeux rouges…

Ce sont ces petits moments cachés qui intéressent Tom.

Ce matin, il a décidé de faire le tour des grands hôtels pour photographier les stars avant la première grande soirée du Festival et le dîner de gala.

Il arrive dans le hall de l'hôtel Martinez, un des plus chics de Cannes, où Antonovski et son équipe sont arrivés ce matin. Tom a envie d'un café. Il s'installe au bar et regarde autour de lui.
Ici, les toilettes sont plus larges que son appartement parisien. Il remercie l'agence Mediaset en silence pour son premier express à 12 euros! Il n'a encore jamais vu un endroit comme ça. Le luxe est partout; le hall doit faire au moins 10 mètres de hauteur et 80 de largeur et ressemble à un chapiteau de cirque. On a pensé à chaque détail pour le bonheur des riches clients. Dehors, devant le bar, un jardin énorme et plus loin, un chemin qui va à la plage. Et surtout, quel calme… Un calme qui ne dure pas longtemps!

Marco Antonovski fait son entrée dans le hall de l'hôtel. Il est très en colère. Tom reconnaît tout de suite cet homme trop bronzé, mais il a l'air beaucoup plus vieux que sur les photos des magazines. Derrière Antonovski, il y a toute son équipe, une impression de catastrophe, de drame national est sur leurs visages.

Antonovski se met à crier.

Marco Antonovski: Où est le directeur! Trouvez-le! C'est une honte, un scandale…

Une minute plus tard, le directeur de l'hôtel était devant le réalisateur, il ressemblait à un enfant qui vient de voler un bonbon.

Tom était toujours installé devant son café au bar, et avait ouvert le sac de son appareil photo, sans le sortir entièrement. Il fallait faire attention, mettre l'appareil dans la bonne direction. Voilà une belle scène qu'il ne fallait pas rater.

Marco Antonovski: Du chocolat! Des boîtes entières de chocolat! Comment avez-vous pu? Vous le saviez! Mon assistant est un vrai débile mais il n'a pas oublié de vous le dire… n'est-ce pas. Mais répondez-moi!

Le directeur: Je… oui bien sûr, nous avons eu l'information, pas de chocolat dans votre suite. Mais c'est un oubli, je suis… désolé, monsieur…

Marco Antonovski: Désolé! Vous savez qu'il s'agit d'un vrai poison?!

Le directeur: Excusez-moi Monsieur mais ce chocolat vient du meilleur chocolatier de Suisse et…

Marco Antonovski: Et alors? Il n'est pas plein de calories, peut-être le chocolat suisse. Regardez mes actrices! Oui, regardez-les! Vous ne pouvez pas imaginer ce qu'elles pensent là. Elles sont prêtes à vendre père et mère pour une boîte de chocolats. Vous croyez que cela a été facile de les préparer pour aujourd'hui? Elles ne pensent qu'à manger, il faut être derrière tout le temps. Vous les laissez seules une semaine et elles ont déjà pris un kilo! Un mois et elles font une tonne!

Tom regardait les personnes derrière Antonovski qui ne disaient rien. Tout à coup, il a reconnu Isa Lasalle, une de ses actrices préférées. Disons plutôt qu'il a reconnu ce qui restait d'Isa Lasalle, c'est-à-dire pas plus de 50 kilos pour un bon mètre soixante-quinze; elle faisait peur, une vraie tête de zombie.

A côté d'elle, une femme asiatique magnifique aux longs cheveux noirs. Elle aussi, il l'avait vue dans cet article sur Antonovski: sa nouvelle amie, une top model dont on n'avait jamais entendu la voix et qui ne souriait jamais. Il y avait aussi le nouvel (et bientôt ancien) assistant qui portait maintenant une dizaine de boîtes de chocolats dans les bras. C'était un vrai bazar!

Marco Antonovski: Je ne resterai pas une seconde de plus ici! Et vous appelez ça un grand hôtel! Vous – il parlait à l'assistant dont il ne connaissait toujours pas le nom – appelez le Majestix et demandez-leur une suite… pour Antonovski. S'il n'y a plus de place, dites-leur qu'une chambre vient de devenir libre au Martinez!

L'assistant: Oui Monsieur, tout de suite.

Marco Antonovski: Eh bien allez-y, faites-le! Et ces chocolats, donnez-les moi ces chocolats. Ah non, donnez-les à Monsieur le Directeur, je ne veux pas y toucher!

Personne n'a entendu le petit clic du Leica de Tom. C'est dans la boîte! Tom ne regrette pas une seconde son café. C'est ce qui s'appelle un heureux hasard. C'est cette magie que le photographe espère à chaque fois: être au bon endroit au bon moment!

Après la scène du chocolat, Antonovski a quitté le Martinez.
Il est monté avec une partie de sa troupe dans la Jaguar, direction
Palais des festivals. Il était déjà très en retard pour son rendez-vous
mais il n'arrivait jamais à l'heure, par principe!

Assis sur le cuir de sa Jaguar préférée, Antonovski était maintenant
de très mauvaise humeur. Même les belles fleurs de magnolia qui
le suivent partout ne peuvent rien pour lui. Il avait l'impression de
sentir dans sa bouche le sucre, le beurre et la crème du chocolat. Il
avait envie de crier. Alors il a mis la main sur sa chemise pour sentir
son ventre bien plat. Ouf, tout va bien… Ce soir, il demandera à son
coach des exercices en plus, pour lui et pour l'équipe. Deux heures
de sport le matin, la même chose le soir, chaque jour de l'année.
Trois litres d'eau, jamais de viande, jamais d'alcool, jamais de sucre,
tout ce qu'il mangeait était préparé par un chef japonais, sans huile
et sans beurre bien sûr.

Antonovski détestait perdre le contrôle des évènements. Cela le
rendait dingue! Marco Antonovski n'avait jamais été gentil avec
personne ces trente dernières années, mais quand il était énervé,
il pouvait devenir vraiment horrible. Il allait le montrer au monde
entier pendant l'interview avec Rosa O'Neill, la journaliste star de
la chaîne de télévision américaine CBS.

Tout le monde attendait sur le plateau télé qu'on avait préparé
comme tous les ans au Palais des festivals. François Clément était
là, un peu inquiet. L'équipe était prête, Antonovski s'est assis, son
maquilleur l'a préparé. Une partie de l'interview allait passer en
direct sur CBS, aux informations du soir. 3, 2, 1…

Les dix premières minutes se passent bien, les questions sont classiques, Rosa connaît bien la personnalité du réalisateur et commence par des compliments. Rosa O'Neill est une critique de cinéma professionnelle, elle fait ce job depuis si longtemps qu'elle n'a pas peur d'Antonovski.

Rosa: Marco, vous êtes un provocateur. Avec votre nouveau film, vous choisissez de blesser le public. Je n'ai vu qu'une petite partie du film, vous avez choisi de le montrer à Cannes pour la première fois en entier. Mais l'image de la femme que vous donnez dans «Tais-toi!» est très, très négative. Beaucoup de personnes vous attendront demain en bas des marches pour …

Marco Antonovski: Rosa, Rosa, je vous connais depuis si longtemps, ma chère! Mais merci pour cette question parce qu'elle va m'aider à montrer que j'ai raison. Les femmes, pourquoi faire, Rosa? Elles sont comme ces fleurs que j'aime tant. Si belles parfois, mais pour quelques heures seulement! Rosa, vous par exemple, je ne comprends pas que CBS vous laisse encore faire ce show. Quel spectacle pour les spectateurs! Vous êtes vieille, vos questions sont devenues débiles car une vieille femme devient souvent bête aussi! Combien d'heures avec les maquilleurs, Rosa, pour … ce résultat?

Il se tourne vers la caméra.

Marco Antonovski: Non, venez, montrez-la, plus près! Il faut montrer la vérité aux gens. Plus près, plus près, c'est une vraie ruine!

Sur le plateau, on ne bouge plus, le temps s'est arrêté.
Les techniciens, les cameramen se regardent. François Clément est au téléphone.

Puis Rosa O'Neill se décide. Elle enlève son micro, les larmes sortent maintenant de ses yeux, elle pleure, de plus en fort, comme un enfant. Elle se lève et quitte le plateau. On arrête tout, fin du direct. Tout le monde regarde Antonovski. Il est seul, les autres ne l'intéressent pas, il sourit. Ça va mieux, il a l'air très content de sa prestation.

3 GALA, GLAMOUR ET VENGEANCE

🌿 A 21 heures commence le grand dîner de gala du Festival. C'est la soirée que tout le monde attend. L'arrivée des stars est un vrai défilé. C'est la compétition entre les robes des grands couturiers. Les photographes deviennent fous. Le public, les fans ouvrent grand leurs yeux. Certains auront peut-être la chance de faire un selfie avec une star. Chaque robe est une nouvelle attraction. Qui sera la plus belle, la plus glamour, la plus sexy? Qui portera les plus gros bijoux? C'est la compétition aussi entre les journalistes et les photographes. Qui fera la meilleure photo? Qui aura les impressions des stars sur la soirée? C'est un stress énorme pour tout le monde mais on ne voit que des sourires.

Tom, lui, a décidé d'attendre dans la salle. Il s'intéresse à tous ces gens anonymes qui travaillent dans les coulisses du Festival. On ne les voit pas, on ne les entend pas mais sans eux, rien n'est possible. Les tables sont prêtes, il y a une bonne centaine de serveurs et de serveuses qui marchent dans la salle et regardent s'ils n'ont rien oublié. Tout doit être parfait.

Tom fait des photos de cette énorme salle vide encore pour quelques minutes. Et puis, ils arrivent, troupeau géant de bêtes brillantes et bruyantes. On les aide à trouver leurs tables, les stars sont des grands enfants qui ne savent plus rien faire tout seuls. Ils ont besoin d'un assistant, ils sont perdus sans aide.

Tom choisit ces moments pour faire des photos. Catherine Deneuve doit mettre des lunettes pour trouver son nom sur les tables.

Juliette Binoche n'est pas contente de sa place. Harvey Keitel a l'air très fatigué. Les frères Coen discutent avec Tarantino.

Et Antonovski arrive.
Il a une table réservée pour lui et sa troupe qu'il ne veut partager avec personne. C'est ce qu'il demande chaque année. Il veut aussi contrôler ce que mange sa petite équipe. Marc Aubret vient d'arriver. Il a joué dans le dernier film d'Antonovski. Marc s'installe à côté d'Isa Lasalle, il la regarde longtemps, l'air triste et un peu inquiet. A la table, on ne parle pas, l'ambiance est aussi froide que dans un frigo.

Tom a vu tout ça de loin. Il vient plus près pour faire des photos. Cela ne plaît pas du tout à Antonovski.

Marco Antonovski: Qu'est-ce que vous faites là? J'ai mon photographe avec moi, je n'en veux pas d'autre, c'est compris! Vous avez déjà pris des photos. Montrez-les moi!

Tom: Non, Monsieur, je n'ai rien photographié. Mais si vous permettez, je suis un fan et…

Marco Antonovski: Je m'en fous, j'ai dit pas de photo. Partez! Tous ces clowns à côté seront très contents de vous sourire. Allez-y, ne les faites pas attendre, mes chers collègues!

Tom n'aime pas qu'on lui parle comme ça.

Il ne l'a pas dit mais il a eu le temps de prendre quelques photos de la table qu'il regardera plus tard. Il est sûr maintenant qu'il les gardera.

01.05
SALLE DE RÉCEPTION

Tom en a marre. C'est le deuxième jour et déjà, tout ce cirque l'énerve. Heureusement, il a rencontré le réalisateur irakien Abbas Mabrouk qui présente un dessin animé sur la guerre en Irak «Amir à Bagdad». Ils ont rendez-vous dans la semaine pour un reportage photo.

Tom est dehors maintenant, derrière la salle, là où on met les restes du repas dans des poubelles géantes et là où se retrouvent les gardes du corps et les chauffeurs. Toutes les voitures sont là, Bentley, Ferrari, Porsche, et les hommes, tous en costume noir, attendent. Ils jouent avec leurs smartphones, discutent, mangent un sandwich. Tom fait des photos. On ne le remarque pas. Il fait quelques pas et s'adresse à un petit groupe de trois hommes.

Tom: Bonjour, pourriez-vous répondre à quelques questions.

Le plus vieux des trois, un petit brun, commence à rire.

Le chauffeur: Eh, mais ce n'est pas nous qui sommes les stars, mon vieux!

Tom: Mais c'est vous que je veux interviewer. Pourquoi est-ce que vous restez là? Le gala va durer des heures.

Le chauffeur: S'en aller?! Il n'en est pas question! Si le boss veut prendre l'air, partir tout à coup en Italie ou retourner à Paris, il faut être là dans la seconde! Pas vrai Ricco? Si vous voulez vous renseigner sur le métier, c'est lui qui vous expliquera ça le mieux, croyez-moi. Parlez-en avec lui. C'est le chauffeur d'Antonovski.

Ricco est un jeune homme aux cheveux noirs. Il n'a pas l'air d'avoir très envie de discuter avec Tom. Il n'aime pas que ses collègues se moquent de lui, son job est déjà assez difficile comme ça.

Tom: Ne me répondez pas si vous ne voulez pas. Si vous me parlez, je répèterai peut-être ce que vous me dites mais je ne donnerai pas votre nom.

Ricco réfléchit. Il a envie de dire au monde entier qui est vraiment Antonovski! Alors, il vient vers Tom qui sort un cahier et un crayon pour prendre des notes et commence à parler.

Pendant que les deux hommes discutent, une silhouette se faufile derrière la Jaguar d'Antonovski. Quelques secondes plus tard, on entend un énorme rire dans la nuit!

Julia Palm: Et voilà un joli cadeau, mon Marco chéri! C'est aujourd'hui notre anniversaire de mariage, tu t'en souviens, j'espère?

Ricco a reconnu tout de suite la voix, c'est l'ex-femme du boss! Julia Palm! C'est pas vrai! C'est la catastrophe. Ricco est à côté de la Jaguar blanche en deux pas. Blanche, elle ne l'est plus vraiment, plus entièrement. Tom sourit, encore de la chance!

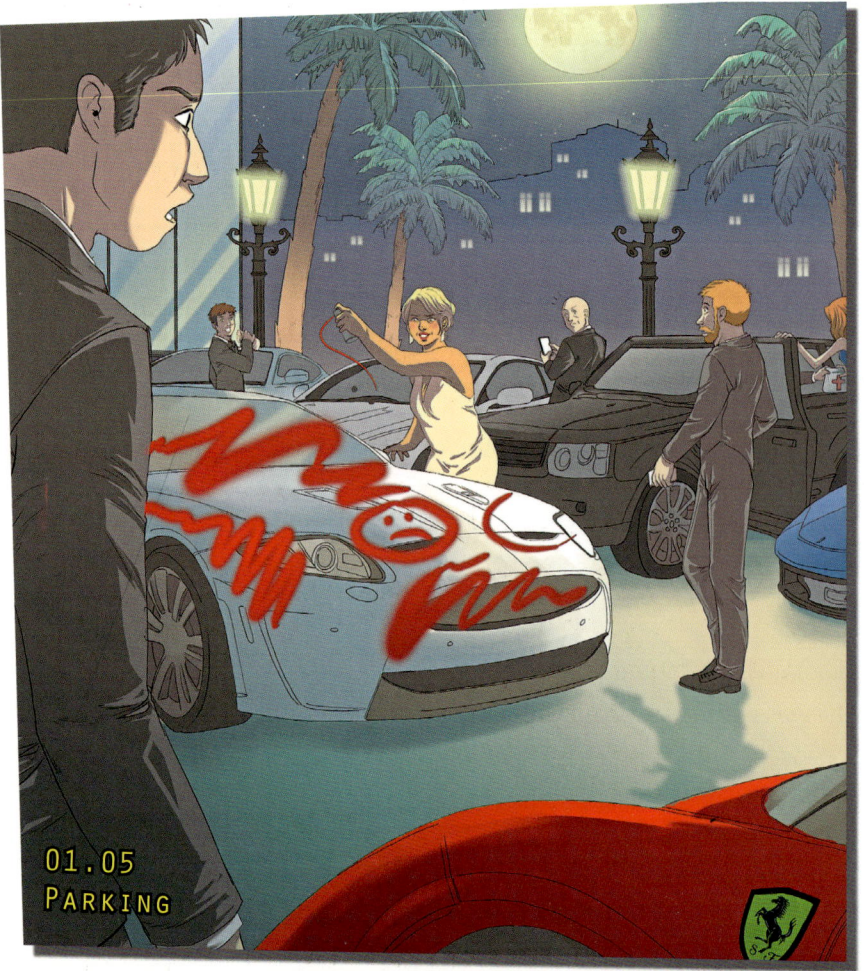

01.05
PARKING

4 LA DISPARITION

Mercredi 2 mai. Ce soir, à 20h30, on présentera le film «Tais-toi!» de Marco Antonovski. Le scandale va être énorme.

François Clément essaie de ne pas y penser mais il ne pense qu'à ça depuis le premier jour. Devant ses fenêtres, la foule des manifestants est de plus en plus importante. Les Femen sont là aussi, ces femmes qui protestent nues pour défendre leurs droits. Il est 19h30, elles sont encore habillées. Il y a des associations de tous les genres. On a l'impression que le film a réussi à mettre presque tout le monde d'accord contre lui. C'est sûrement ce que voulait Antonovski. Le talent et l'envie de faire du bon cinéma, il n'en a plus assez mais il lui reste la provocation!

Pourtant, il a encore des fans, en France et à l'étranger. On l'invite souvent dans des festivals internationaux. La presse spécialisée étrangère écrit aussi des articles sur lui assez souvent. Antonovski est ce qu'on appelle un «monstre sacré», une légende. On montre ses anciens films dans les ciné-clubs et les écoles de cinéma en parlent aux étudiants dont beaucoup le regardent comme un modèle. Et ses fans sont là eux aussi, beaucoup d'entre eux ont déjà leur billet pour voir le film du maître et attendent l'ouverture des portes. Le mélange des publics est un peu dangereux car tout le monde est énervé. On attend Antonovski et son équipe d'un moment à l'autre.
Tom est là aussi.

Il photographie les gens qui sont venus attendre. Une belle galerie de portraits.

Une jaguar… noire arrive. Elle s'arrête devant le tapis rouge. Ricco en descend et ouvre la portière de derrière. Isa Lasalle et Marc Aubret, les deux acteurs, font des signes au public et sourient avec toutes leurs dents incroyablement blanches; Isa est très belle avec sa robe longue. Elle sourit, elle est magnifique. Tom la trouve bien différente du jour où il l'a vue à l'hôtel Martinez. Mais c'est une actrice qui sait s'adapter à toutes les situations. On commence à entendre des gens qui demandent: Où est Antonovski? Les manifestants sont déçus, les Femen ne savent pas si elles doivent enlever leurs t-shirts. C'est Antonovski qu'ils attendent pour crier, pas ses acteurs.

Isa et Marc avancent sur le tapis rouge, montent les marches et entrent dans la salle. Elle est pleine. Il est déjà 21h15 et le réalisateur n'est toujours pas là. Il ne répond pas au téléphone et personne ne sait où il est. François Clément demande à Marc Aubret s'il a des renseignements.

Marc Aubret: Je ne sais pas où il est, François. Mais croyez-moi, ne soyez pas inquiet, il sait ce qu'il fait; il s'agit sûrement d'un calcul médiatique. Il adore ce genre de publicité, ne l'oubliez pas!

Isa Lasalle: Marc a raison! Ne l'attendons pas plus longtemps, l'ambiance est assez électrique.

François Clément monte sur la scène et fait une annonce.

François Clément: Mesdames et Messieurs, le réalisateur Marco Antonovski sera en retard, nous allons donc commencer la projection de son film «Tais-toi!» qui, je vous le rappelle, est en compétition pour la Palme d'Or.

Tom est dans la salle. Le film commence. La lumière, les décors, la mise en scène, c'est du grand art. Et voilà Isa Lasalle pour sa première scène. Elle est très maigre, on entend des gens dans le public qui protestent, d'autres demandent le silence: «Chut!».
Cinq minutes plus tard, des femmes se lèvent dans la salle et se mettent à crier. Ce sont les Femen, elles ont réussi à rentrer. Elles montent sur la scène. Le service d'ordre ne sait pas ce qu'il doit faire. On décide que tout le monde doit sortir de la salle finalement.
Tom fait des photos. Quel cinéma, ce Festival! Il pense à Antonovski qui avait encore besoin de ce dernier scandale; il doit être heureux, là où il est!

Dans un coin de la salle, Tom voit François Clément. Il est assis sur une marche, la tête dans ses mains. Tom aime bien ce vieux monsieur élégant. Il se souvient de lui, il l'a vu comme tout le monde dans les journaux, il l'a vu aux informations à la télévision pendant toutes ces années, auprès des plus grandes stars. Les stars, ça va et ça vient, mais lui, il restait, toujours le même. Et là, ce soir, le vieux monsieur est fatigué. C'est son dernier Festival, ce sera le plus mauvais.

Tom est à côté de lui, il a envie de dire quelque chose. Il est assez près maintenant pour l'entendre, même si c'est le chaos général.

François Clément: Je vais te tuer, Antonovski. Oui, je te tuerai, je le promets!

5 L'ENQUÊTE COMMENCE

🌿 Le lendemain matin, Cannes se réveille avec la gueule de bois. Miko, la top model, nouvelle copine du réalisateur, a téléphoné à la police et a dit ces premiers mots: Antonovski n'est pas revenu à l'hôtel. Il est parti mercredi matin avec son coach de sport faire un jogging et le coach est revenu seul. Le temps d'aller faire une course, le réalisateur avait disparu. Personne ne sait où il est. Il ne répond pas au téléphone. On a essayé de le trouver toute la journée, sans résultat.

On hésite. Si c'est une blague, elle n'est pas drôle, et en plus, elle a déjà duré trop longtemps. Le Festival n'a pas besoin de cela après le scandale de la projection. Et en plus, les informations vont presque plus vite que la lumière!
Une demi-heure après la police, les journalistes arrivent à l'hôtel Majestix. Ils arrivent tous ensemble, à toute vitesse avec leurs micros, comme une troupe d'éléphants au galop. Ils s'installent en bas de l'hôtel et attendent. Le commissaire Mekhiche qui s'occupe de l'enquête, est déjà dans la suite du quatrième étage où il pose ses premières questions à Mlle Miko. On attend donc. Un policier en uniforme passe devant les journalistes, il porte une assiette avec un énorme gâteau au chocolat dessus. Le pauvre n'a pas l'habitude des caméras et des questions. Alors il finit par avouer.

Le policier: C'est pour le commissaire. Il ne peut pas réfléchir sans manger. C'est comme ça…

Tom pense à Isa, Miko, et les autres, cette petite troupe dont le dictateur tyrannique a disparu. Il pense aussi à tous ces yeux qui vont regarder cet énorme gâteau. Il se demande ce qu'ils vont penser.

03.05
HÔTEL MAJESTIX

Lui, il n'attendra pas plus longtemps parce qu'il a donné rendez-vous au réalisateur et dessinateur Abbas Mabrouk dans vingt minutes dans un petit bar en ville.

🌴 Il fait toujours aussi beau à Cannes. Abbas Mabrouk est déjà installé à la terrasse du café «Les beaux jours» quand Tom arrive. Il enlève ses lunettes de soleil.

Abbas: Bonjour, Tom, comment allez-vous?

Tom: Très bien, excusez-moi, je suis un peu en retard, j'étais au Majestix.

Abbas: L'hôtel d'Antonovski? Bien sûr, tous les journalistes y sont. Vous n'allez pas rater quelque chose à cause de moi, j'espère? Vous pouvez y retourner vous savez, je ne serai pas vexé!

Tom: Non, non, j'ai déjà fait des photos; j'en ai assez de cette histoire. La police fait son travail, il n'y a rien de neuf pour le moment… mais on ne sait jamais.

Tom pose son smartphone sur la table. S'il y a du nouveau…

Abbas: C'est fou cette histoire, non?

Tom: Oui, c'est ce type qui est vraiment dingue… Antonovski!

Abbas: Vous savez, il y a beaucoup de pays où des gens comme lui sont à la tête du gouvernement.

Tom: Vous avez raison.

Abbas: Ici, en Europe, on aime les scandales. Il ne se passe peut-être pas assez de choses, alors on a besoin de ce genre d'évènement. Qu'en pensez-vous?

Tom: Peut-être. Je n'y avais jamais pensé comme ça! Mais assez parlé d'Antonovski. C'est votre film qui m'intéresse!

Abbas: Alors parlons-en. Que voulez-vous savoir?

La discussion est vraiment très intéressante. Abbas explique pourquoi il a choisi la forme du dessin animé. Il voulait montrer des choses très dures et avec le dessin, cela a été plus facile. Il parle de l'Irak, de la guerre, de l'avenir. *Zukunft*

Pour finir, Tom demande à Abbas s'il peut le photographier. Il espère vraiment que son film aura du succès et que l'histoire d'Antonovski n'aura pas de conséquences sur les découvertes du Festival.

03.05
CENTRE-VILLE

Le lendemain matin, le commissaire Ali Mekhiche est assis derrière le bureau de François Clément. Il a dans sa main droite le reste d'un croissant aux amandes.

Ali Mekhiche: Alors, si je vous comprends bien, la liste des suspects est longue comme mon bras. Ecoutez, je ne suis pas vraiment un fan de cinéma, j'aime surtout Colombo, vous savez cette vieille série américaine avec ce commissaire sympathique qui a un air un peu idiot?

François bouge la tête de bas en haut pour dire qu'il connaît aussi Colombo.

Ali Mekhiche: Donc, résumons si vous êtes d'accord. Nous avons environ 250 manifestants, l'ex-femme Julia Palm, la journaliste Rosa O'Neill, les gens de l'équipe, donc le coiffeur, l'assistant, le coach, le chauffeur etc ..., ce sont 15 personnes exactement qui détestent leur boss; ils ont tous l'air malades, ces gens sont maigres à faire peur, vous les avez vus?

François bouge la tête de bas en haut pour dire qu'il les a vus aussi. Il est fatigué, chaque mot est difficile.

Ali Mekhiche: Il y a aussi les acteurs bien sûr, Marc Aubret et surtout les actrices, dont Isa Lasalle. Qu'en pensez-vous?

François Clément: Oui, peut-être mais sans lui, ces acteurs n'auraient pas le succès qu'ils ont aujourd'hui. Mais vous avez raison, ils le détestent sûrement aussi.

Ali Mekhiche: Et il y a aussi ... vous, Monsieur Clément. C'est votre dernier Festival et on peut dire que Monsieur Antonovski a gâché la fête! N'est-ce pas?

François Clément regarde le commissaire qui vient de mettre la première moitié d'un deuxième croissant dans sa bouche. Son visage se transforme. On peut lire une énorme colère et une grande tristesse dans ses yeux.

François Clément: Je ne vais pas vous mentir, commissaire. Si je l'avais rencontré hier soir après la … catastrophe, je crois bien que j'aurais pu le tuer…

Ali Mekhiche: Allons, allons, Monsieur Clément, vous avez vu beaucoup de films policiers, j'imagine. Vous devez donc savoir qu'il ne faut pas dire ce genre de choses à un commissaire qui enquête sur une disparition, n'est-ce pas?

François Clément: Oui, je le sais! Vous savez, la liste des suspects est encore plus longue. Je crois bien que toutes les personnes qui ont rencontré Antonovski, même pour une minute, ont une bonne raison de le détester.

Ali Mekhiche: Eh bien, ce sera une enquête difficile. J'ai rendez-vous avec Mademoiselle Lasalle et d'autres suspects cet après-midi. Pourriez-vous nous laisser votre bureau? Ce sera plus discret.

François Clément: Bien sûr, je vous le laisse. Vous avez besoin de quelque chose?

Ali Mekhiche: Bon, non rien, euh… attendez, vous avez sûrement des petits fours?

François Clément: Euh… oui, il doit en rester. On va vous en trouver.

Ali Mekhiche: Monsieur Clément, une dernière question: est-ce que vous croyez que Monsieur Antonovski a organisé sa disparition?

François Clément: Je le pensais au début, oui. Je pensais qu'il s'agissait d'un genre de publicité gratuite pour lui. Mais c'est un homme qui ne sait plus rien faire tout seul, il a des gens qui organisent toutes ses journées, minute par minute. Je crois bien qu'il ne sait même plus téléphoner pour prendre un rendez-vous. Les gens de son équipe ne savent rien, donc sans complice, je ne le crois pas capable de ça…

Ali Mekhiche: Mais pourquoi pensez-vous que les gens disent la vérité, mon cher? Et puis, il a peut-être des complices, mais nous ne le savons pas encore!

Pendant tout l'après-midi, le commissaire Mekhiche rencontre des gens qu'il a vus à la télé. Quentin Tarantino, le président du jury, le réalisateur Lars Stefansson, ancien ami de Marco et témoin de son mariage avec Julia Palm, les frères Cohen qui ont travaillé avec Antonovski sur un scénario il y a dix ans, Rosa O'Neill …

Enfin, Isa Lasalle entre dans la pièce. Ali Mekhiche est tout de suite impressionné par cette jolie femme. Avec une bonne vingtaine de kilos en plus, se dit Ali Mekhiche, elle serait vraiment belle.

Ali Mekhiche: Asseyez-vous Madame, je vous en prie.

Isa Lasalle: S'il vous plaît commissaire, appelez-moi Isa, je préfère.

Ali Mekhiche: Comme vous voudrez. Mais avant de commencer…
vous … euh… vous n'avez pas faim?

Isa le regarde, soupire, fait un sourire charmant et répond: «Si!»
Ali Mekhiche lui offre un des petits gâteaux tunisiens qu'il a achetés le matin. C'était pour le soir normalement parce qu'il pensait que la journée serait longue mais bon, on ne refuse rien à une femme. Il avait compté largement comme d'habitude. La jeune femme prend un gâteau, le met dans sa bouche et ferme les yeux.

Isa Lasalle: Hmmm, merci, c'est délicieux…

Ali Mekhiche: Un poème n'est-ce pas! Une corne de gazelle, un si joli nom! Goûtez ces baklavas. Ils viennent de la meilleure pâtisserie orientale de la ville. J'y fais mes courses deux fois par semaine.

Isa sourit et dit: «Si on en mange trop souvent, je pense que la gazelle se changera vite en éléphant!»
Isa regarde le beau visage d'Ali Mekhiche, c'est un homme si sympathique qu'on oublie vite ses trente kilos en trop. Elle regrette tout de suite ses mots.

Isa Lasalle: Oh, je … excusez-moi commissaire, je ne voulais pas vous blesser…

Ali Mekhiche: Me blesser? Mais pourquoi est-ce … Ah, à cause de l'éléphant! Mais ce n'est rien ça. Je n'ai pas de problème avec ça,

croyez-moi. Mais parlez-moi de vos relations avec Antonovski.
Il vous surveillait beaucoup?

Isa Lasalle: Eh bien, c'est un homme qui a beaucoup de talent, je dois
commencer par ça. Il m'a donné une chance dans le monde du
cinéma, je n'avais jamais eu de rôle important quand je l'ai
rencontré. Mais depuis quelques temps, son obsession pour
la jeunesse et la minceur est devenue problématique.

Ali Mekhiche: Racontez-moi!

Isa lasalle: Eh bien, quand nous avons commencé le film, il nous a
demandé – à toute l'équipe, vous imaginez! – de vivre chez lui.
Nous avons aussi dû accepter un contrat. Il avait décidé d'un poids
maximal pour chaque personne.

Ali Mekhiche: Mais c'est horrible! Même si j'ai vu des photos de sa
petite maisonnette californienne de 3000 m². Un vrai paradis!

Il met la main dans un petit sac et sort un gros baklava avec plein de
petits morceaux de pistaches.

Isa Lasalle: Nous devions prendre tous les repas avec lui. Son cuisi-
nier n'utilise jamais de sucre, jamais d'huile. Il…

Ali Mekhiche: Ne m'en racontez pas plus. Je ne me sens pas bien!

Isa Lasalle remarque la bague au doigt du commissaire.

Isa Lasalle: Moi aussi, je suis curieuse, commissaire. Vous êtes marié.
Vous ne … enfin, je ne sais pas comment dire, vous ne préférez
pas les femmes qui … euh…

Ali Mekhiche: Continuez, n'ayez pas peur!

Isa Lasalle: Les femmes … qui … ne mangent pas trop?

Ali Mekhiche regarde Isa Lasalle avec beaucoup de gentillesse.

Ali Mekhiche: Parce que pour vous, c'est ça l'amour, Isa? Une question de kilos? Ma femme, quand je la regarde manger ce que j'ai préparé pour elle, elle me rend heureux. Je crois que vous ne pouvez pas l'imaginer malheureusement. Mais ça viendra peut-être.

6 INDICES

Huit jours ont passé depuis la disparation d'Antonovski et il n'est toujours pas revenu.

La police n'avance pas, il y a trop de suspects. Les hommes de Mekhiche cherchent partout, avec leurs chiens, sans résultat. On a pensé à un accident, mais on n'a rien trouvé. Les avocats d'Antonovski sont aussi arrivés de New-York et veulent toujours plus de détails sur l'enquête.

Le Festival continue, lui. On a longtemps hésité mais François Clément a fait une annonce à la presse et dit qu'il fallait continuer, au nom du Cinéma avec un grand C: «Show must go on», c'est ce que les journaux ont écrit en première page.

Les journalistes, eux, occupent leur temps entre les films et l'enquête. Tom a décidé de suivre la police. Il va avec les équipes de Mekhiche partout, il a fait beaucoup de photos du commissaire. Il est drôle, ce commissaire, il trouve qu'il ressemble à Peter Falk, l'acteur de Colombo, une vieille série américaine. Mekhiche, comme Colombo, arrive toujours au moment où on ne l'attend pas. On a l'impression qu'il se promène là par hasard mais Tom est sûr qu'il s'agit d'une vraie stratégie.

Il est là par exemple quand Rosa O'Neill et Julia Palm montent dans leur Lamborghini pour aller se promener dans la région, comme par hasard. On ne savait pas qu'elles étaient amies, ces deux-là.

10.05
CANNES

Il est là encore, sur le port, quand Isa Lasalle et Marc Aubret se préparent à partir en bateau faire une excursion.

Ali Mekhiche: Tiens, bonjour! Une belle journée pour une excursion. Vous allez où?

Marc Aubret: Commissaire, quelle bonne surprise! Oui, il fait un temps magnifique. Eh bien, nous avons décidé de visiter l'île Sainte-Marguerite. L'ambiance ici est un peu … difficile pour nous.

Ali Mekhiche: Je comprends, je comprends, vous devez être très inquiets.

Le commissaire remarque les sacs qu'Isa Lasalle porte très vite à bord du bateau.

Ali Mekhiche: Oh, Isa, je suis si content! Vous avez trouvé le magasin dont je vous ai parlé? Je suis content de voir que vous avez retrouvé l'appétit. Cela va être un sérieux dessert, dites-moi!

Marc Aubret: Commissaire, excusez-nous mais nous devons partir…

Ali Mekhiche: Bien sûr! Au fait, savez-vous que l'île Sainte-Marguerite a été la prison du célèbre homme au masque de fer, ce mystérieux prisonnier dont on n'a jamais su le nom?

Marc Aubret: Ah… non, je ne le savais pas.

Ali Mekhiche: Pauvre homme, il n'a pas eu de chance. Mais l'île Sainte-Marguerite est un joli lieu pour une prison, vous allez voir! Mais vous pouvez aussi visiter le chantier naval de l'Estérel, très intéressant.

Isa Lasalle: Commissaire, merci pour toutes ces informations. La prochaine fois que nous voudrons nous renseigner sur la région, nous le ferons auprès de vous. Mais là, nous voulons seulement passer une bonne journée à la plage, tranquillement et … sans questions!

Ali Mekhiche: Bien sûr, je comprends, ne m'écoutez plus, je parle trop! A bientôt!

Le bateau à moteur quitte le port.

Ali Mekhiche reste quelques minutes à le regarder. Il crie: «Bonne journée et surtout … bon appétit!»

Tom décide d'utiliser la méthode de Mekhiche pour le rencontrer.

A 9 heures le jour suivant, il est devant le commissaire dans sa pâtisserie préférée. Le vendeur demande à Tom ce qu'il veut.

Tom: Je ne sais pas trop, qu'est-ce que vous me conseillez? Je ne connais pas bien ce genre de gâteaux.

Ali Mekhiche: Jeune homme, laissez-moi vous aider! Je vais tout vous expliquer.

Cinq minutes plus tard, les deux hommes boivent un thé à la menthe devant une assiette de baklavas.

Ali Mekhiche: Bon, très bien, vous apprenez vite.

Tom: Qu'est-ce que voulez dire? Pour les gâteaux?

Ali Mekhiche: Allons, allons, vous êtes ce photographe qui me suit partout depuis quelques jours. Pas très discret, heureusement que vous ne travaillez pas pour moi! Mais pour la rencontre à la pâtisserie, c'était très bien, du bon travail à la Mekhiche.

Ils discutent cinq minutes, rien d'officiel, surtout pas de photos. Le commissaire ne doit pas parler aux journalistes. Mais Tom et Mekhiche se sont trouvés tout de suite sympathiques et ils savent tous les deux qu'ils peuvent peut-être se renseigner l'un l'autre.

Ali Mekhiche: Vous savez, tout le monde avait une bonne raison de détester ce type, cet Antonovski. C'est la première fois que je vois ça, une enquête avec autant de suspects. Et tous ces gens qui le détestent ont aussi été ses marionnettes pendant des années!

Tom: Oui, je sais, je l'ai rencontré plusieurs fois, c'était… c'est un vrai con! Il n'y a pas d'autre mot.

Tom raconte au commissaire tout ce qu'il a vu depuis le début du Festival: l'affaire des chocolats à l'hôtel Martinez, la Jaguar et Julia Palm, la soirée de gala…

Ali Mekhiche: C'est bizarre qu'un type comme ça soit devenu aussi célèbre, non?

Tom: Je crois plutôt qu'il est devenu comme ça parce qu'il est célèbre.

Ali Mekhiche: Possible! J'ai parlé avec cette actrice, Isa Lasalle; La pauvre fille, vraiment! Je lui ai offert un de ces délicieux baklavas et elle a adoré. Mais dites-moi, vous avez fait des photos de tout ça?

Tom: Oui, bien sûr! J'ai eu de la chance, j'ai toujours été là aux moments importants.

Ali Mekhiche: Vous pourriez me montrer vos photos? Il y a peut-être des détails qui sont intéressants.

Tom: Si vous voulez, mais je dois les vendre alors ne les montrez pas à la presse.

Ali Mekhiche: D'accord. Ayez confiance. Elles serviront seulement pour l'enquête interne.

Tom: Je vais faire un tri ce soir et je vous enverrai tout cela par mail demain.

Ali Mekhiche: Merci, mais ne perdez pas de temps. Chaque minute qui passe est une minute de trop!

Tom: Je me dépêche.

Le soir, à l'hôtel, Tom prend enfin le temps de regarder en détail les photos qu'il a prises depuis le début du Festival. Sur l'ordinateur, il prépare un dossier qu'il appelle «Mekhiche» et copie toutes les photos qui racontent l'histoire des journées avant la disparition d'Antonovski.

Tom regarde les photos longuement, la manifestation, le soir du gala, Ricco, la Jaguar, le directeur de l'hôtel, François Clément, les Femen nues sur la scène, tiens… Abbas et son sourire à la terrasse du café. Cette photo-là n'intéressera pas Mekhiche, c'est une autre histoire. Tom va cliquer sur la photo quand tout à coup, il voit quelque chose qu'il n'avait pas remarqué avant…

La photo avait beaucoup plus à raconter qu'il ne l'avait cru. C'est le début d'une longue nuit pour Tom qui reprend toutes ses photos une par une. Il zoome, il prend des notes dans son carnet, il choisit, se souvient, réfléchit. Et à cinq heures du matin, il a compris.

Sur l'ordinateur, il y a maintenant, deux dossiers. Le premier s'appelle «Mekhiche», le deuxième s'appelle «Suspect Numéro 1». Il n'y a pas les mêmes photos dans les deux dossiers.

7 KILOS EN TROP

✺ C'est le dernier jour du Festival et on a retrouvé Antonovski! Pour la presse et les médias, c'est un jour inoubliable. On n'avait jamais vendu autant de journaux, on n'avait jamais eu une histoire aussi dingue!

Cinéma

CANNES PRESSE | **10**

CANNES

On a retrouvé Antonovski!

Ce matin vers cinq heures, des touristes ont trouvé un homme sur la plage, en maillot de bain, coincé dans une grosse bouée.

Marco Antonovski, métamorphosé, est sous le choc.

■ Emi Bongiorno

Marco Antonovski, métamorphosé.

En fin d'après-midi, Ali Mekhiche rencontre pour la première fois Marco Antonovski.

Ali regarde le réalisateur. Il se souvient de toutes les photos qu'il a vues. Un visage trop brun, maigre à faire peur. Maintenant, il voit un homme qui a l'air plus jeune, qui est en forme. Ce n'est pas un homme dont on s'est mal occupé, on dirait même plutôt qu'il a bien mangé et qu'il s'est bien reposé, deux choses dont il avait vraiment besoin. Mais la colère, elle, est bien là!

Ali Mekhiche: Monsieur Antonovski, pour commencer, est-ce que vous vous souvenez de quelque chose qui peut nous aider à retrouver les personnes qui vous ont enlevé?

Marco Antonovski: Je vais vous dire commissaire, si je les retrouve, et je les retrouverai soyez-en sûr, je les tuerai…

Ali Mekhiche soupire. Ces gens du spectacle, ils en disent toujours trop!

Ali Mekhiche: Des hommes, des femmes? Combien? Jeunes, vieux?

Marco Antonovski: Je n'en sais rien moi. Ils n'ont jamais parlé. Pas un mot. Ils portaient des vêtements noirs très larges. Je ne sais pas. Ils étaient assez … maigres tous les deux.

Antonovski pose les mains sur son ventre.

Marco Antonovski: Mais quelle horreur! Regardez ce qu'ils m'ont fait, ces criminels. C'est horrible!

Ali Mekhiche n'est pas sûr de bien comprendre.

Ali Mekhiche: Mais de quoi parlez-vous?

Marco Antonovski: Ils m'ont fait manger, ils m'ont forcé. Tous les jours, je devais manger des … gâteaux, avec tout ce beurre, ce sucre; c'était horrible, horrible.

Ali Mekhiche: Ils étaient armés?

Marco Antonovski: Armés? Non, non, je ne crois pas!

Ali Mekhiche: Où étiez-vous?

Marco Antonovski: Je ne sais pas non plus. Pas loin de la plage, c'est sûr. Le matin du jour de la projection de mon film, j'ai quitté l'hôtel pour un petit footing avec mon coach. Je lui ai demandé d'aller acheter quelque chose. Je me sentais très bizarre depuis le petit-déjeuner avec la troupe. Je me suis assis sur un banc. Je me souviens qu'une Lamborghini rouge est passée très lentement devant moi et là, plus rien, le noir total… Quand je me suis réveillé, j'étais dans un bateau.

Ali Mekhiche: Un bateau?

Marco Antonovski: Oui, un bateau. Nous sommes arrivés sur une plage. On m'avait mis un bandeau sur les yeux. On m'a aidé à descendre du bateau et on a marché sur le sable pendant au moins dix minutes. On entendait des bruits, comme des machines ou des coups sur du métal et sur du bois, comme un grand atelier ou quelque chose comme ça.

Ali Mekhiche: Hum, et ensuite où vous ont-ils laissé? Où avez-vous passé tous ces jours?

Marco Antonovski: Dans un petit bungalow. J'avais des toilettes, une douche. Mais je ne pouvais pas sortir, j'étais avec deux gardes qui ne me quittaient pas des yeux. Eux non plus n'ont jamais parlé.

Je pense qu'ils n'étaient pas armés mais j'avais peur, je ne pouvais pas en être sûr. Et tous les matins, tous les soirs, je devais me mettre à table et … manger … ces horreurs!

Ali Mekhiche: C'est très étrange! Ils n'ont pas demandé d'argent contre votre libération. Très, très étrange…

Le commissaire sort un sac en papier. Sur le sac, on peut lire: *Les Délices de Tunis, Pâtisseries Orientales. Fatah Ben Aïd. Maison fondée en 1965.*

Le commissaire ouvre le sac et en sort un carton. Il y prend un gros baklava qu'il met lentement, très lentement dans sa bouche. Marco Antonovski se met debout comme s'il avait vu un fantôme.

Marco Antonovski: Où est-ce que vous avez pris ça? Ce sont ces horribles choses qu'ils m'ont données tous les jours. Dix le matin, dix le soir!

Ali Mekhiche mord dans son gâteau.

Ali Mekhiche: Monsieur Antonovski, j'en sais assez maintenant. Je vous remercie.

Marco Antonovski: Vous savez qui c'est maintenant? Vous avez les noms des criminels? Trouvez-les s'il vous plaît, arrêtez-les, ne les laissez pas recommencer!

Ali Mekhiche: Nous allons tout faire pour cela. Maintenant, vous pouvez aller vous reposer.

Marco Antonovski ne bouge pas, il reste sur sa chaise et regarde le sac de Mekhiche sans dire un mot. On sent qu'il hésite puis il demande avec une toute petite voix: «Est-ce que je peux en avoir un s'il vous plaît? Ils sont tellement délicieux, je ne peux plus vivre sans eux… Qu'est-ce que je vais devenir?»

Tom a réussi à avoir un rendez-vous en une minute avec Isa Lasalle. D'habitude les journalistes ont besoin de plusieurs mois pour ça. Mais Tom a su trouver les arguments. Il a envoyé un SMS.

Ils se retrouvent à une trentaine de kilomètres de Cannes, à La Roquette sur Siagne. C'est un petit village provençal, loin du Festival, des drames et des scandales. On est déjà presque dans la montagne, le printemps est au rendez-vous, on commence à sentir tous les parfums de la région qui se réveillent: la lavande, le thym… Tom a loué une moto pour monter au village. Les virages de la campagne cannoise, c'est génial! Il gare sa Suzuki sur la petite place du village, sous les arbres et prend place sur un banc près de la fontaine. Il n'attend pas longtemps. Isa arrive, elle porte des vêtements simples qui lui vont très bien. Un jean, des baskets blanches, un sweat gris.

Isa Lasalle: Vous voulez de l'argent, c'est ça?

Tom: Qu… Quoi? Mais pourquoi vous me demandez ça?

Isa Lasalle: Ne jouez pas à l'idiot avec moi! Parce que vous savez ce que j'ai fait. Maintenant vous allez me dénoncer à la police si je ne vous donne pas ce que vous voulez! C'est ce que vous vouliez me dire, non?

Tom: Mais non, enfin, pas du tout! Vous savez, cela fait un moment que je sais. Regardez.

Tom montre ses photos à Isa.

Isa: Ces photographes, c'est dingue! Je les connais pourtant, les paparazzis!

Tom: Ecoutez, je n'ai montré ces photos à personne. Le commissaire Mekhiche m'a demandé des photos mais je lui en ai envoyé d'autres. Sur les photos qu'il a reçues, on ne vous voit pas. Je ne les montrerai à personne, c'est sûr. Je voulais seulement vous rencontrer, voilà!

Isa réfléchit, quelques minutes. Elle ferme les yeux et laisse le soleil jouer sur son visage.

Isa: Vous connaissez le film d'Antonioni, «Blow up»?

Tom: Oui, je crois. C'est un vieux film, ça!

Isa: Palme d'or 1967. Vous devez le voir. C'est l'histoire d'un photographe de mode à Londres. Il prend des photos dans un parc et sur une photo il découvre qu'un crime a eu lieu pendant qu'il prenait des photos. Il ne le voit pas tout de suite. Il est chez lui quand il comprend ce qui s'est passé. Mais quand il retourne le lendemain dans le parc, le mort a disparu.

Tom: Vous avez raison, je dois vraiment voir ce film. Est-ce qu'il finit bien?

Isa: Vous verrez! Et notre histoire aujourd'hui, est-ce qu'elle va bien se finir?

Tom sourit: Je crois, oui! Je voulais seulement vous dire que … que j'étais un fan et que je trouve que…

«Tiens, je ne suis pas le seul à penser qu'on réfléchit mieux en altitude! Bonjour, bonjour!»

Cette voix! Ali Mekhiche, chemise blanche, pantalon bleu en lin, chaussures de marche, est devant eux tout à coup.

Isa: Commissaire!

Ali Mekhiche: Ne m'appelez pas commissaire. Je ne travaille pas aujourd'hui. Ah, j'adore cet endroit. Je m'y promène très souvent. Quel hasard de vous trouver ici, non?

Tom: Oui, vraiment! Qu'est-ce que vous voulez?

Ali Mekhiche: Moi! Mais regarder la nature et réfléchir!

Isa: Vous… vous avez parlé à Antonovski hier?

Ali Mekhiche: Bien sûr ma chère! Et j'ai appris une chose très importante.

Isa et Tom ne disent rien, ils attendent la suite avec impatience.

Ali Mekhiche: «Les Délices de Tunis» ont un nouveau client fidèle!

Tom: Et l'enquête? Vous avez avancé?

Ali Mekhiche: Pas facile, mon ami, pas facile. Il y a un bon nombre de suspects. Nous devons vérifier beaucoup d'indices. Tout cela risque d'être très long. Surtout, si vous avez d'autres photos, n'hésitez pas. J'ai besoin de beaucoup de détails pour comprendre. Malheureusement, on ne saura peut-être jamais…

Isa: Ah, mais pourquoi?

Ali Mekhiche: Eh bien, je crois que M. Antonovski n'est pas fan de ce genre de publicité. Il va passer les prochaines semaines à essayer d'oublier les baklavas. Il ne veut plus entendre parler de cette affaire et surtout il veut que la presse et les journalistes l'oublient encore plus vite que lui! Je pense qu'il va retirer sa plainte… mais chut… je ne vous ai rien dit, hein! Bon, qu'est-ce qu'on fait par cette belle journée?

Tom: Vous avez peut-être envie d'aller manger quelque chose? Il est presque 13 heures. Je vous invite.

Ali Mekhiche: Et si on allait se promener dans le village. Je crois que je vais me mettre au sport!

Tom: Et moi, je crois que je vais écrire un projet de scénario.

Isa: Ah bon! Vous avez déjà un titre?

Tom: Oui, je crois. J'ai pensé à «Secrets sucrés». Qu'en dites-vous?

Liste des mots

Symbole und Abkürzungen

f.	weiblich
m.	männlich
pl.	Plural
fam. /ugs.	umgangssprachlich
inv.	unveränderlich
qc	quelque chose (= etwas)
qn	quelqu'un (= jemand)

🟨 **l'étranger** neue Vokabel aus SB Découvertes 4, Série jaune, Unité 1
🟦 **une porte** neue Vokabel aus SB Découvertes 4, Série bleue, Unité 1

Chapitre 1

🟨🟦 **Cannes** *Stadt an der französischen Mittelmeerküste*
le calme die Ruhe

🟨🟦 **Le Festival de Cannes** *das Filmfestival von Cannes*

🟨🟦 **un festival** ein Festival

🟨🟦 **un spectateur/une spectatrice** ein Zuschauer/eine Zuschauerin

🟨🟦 **un fan/une fan** ein Fan
des curieux Neugierige

🟨 **un genre** eine Gattung; eine Art

🟨🟦 **un/une journaliste** ein Journalist/eine Journalistin

🟨 **un/une photographe** ein Fotograf/eine Fotografin

🟨🟦 **un scandale** ein Skandal
surprendre überraschen

🟨🟦 **un hasard** ein Zufall

🟨🟦 **par** durch

🟨🟦 **par hasard** zufällig; durch Zufall
un costume ein Anzug
des lunettes eine Brille
être explosif sich zuspitzen
une conférence de presse (*fam.* **conf' de presse**) eine Pressekonferenz

un magnolia eine Magnolie (*hier:* „les magnolias blanches", Abkürzung für „Les fleurs de magnolia blanches")
un fleuriste ein Blumenhändler

🟨🟦 **dont** dessen/deren (*Relativpronomen*); von dem/von der/von denen; über den/über das usw.

🟨🟦 **une troupe (de théâtre)** eine (Theater-)Truppe

🟨🟦 **réserver qc.** etw. reservieren

🟨🟦 **une compétition** ein Wettkampf

🟨🟦 **la Palme d'or** die Goldene Palme (*Filmpreis*)

🟨🟦 **un rendez-vous** ein Termin; eine Verabredung

🟨🟦 **médiatique/médiatique** medienwirksam; Medien-

🟨🟦 **un réalisateur/une réalisatrice** ein Regisseur/eine Regisseurin

🟦 **une sorte de ...** eine Art von ...

🟨🟦 **un professionnel/une professionnelle** ein Fachmann/eine Fachfrau; ein Profi
choquer qn jdn. schockieren
un défenseur/une défenseuse ein Verteidiger/eine Verteidigerin
scandaliser qn jdn. schockieren; empören
se taire schweigen

méchante/méchante böse

■ ■ une bête ein Tier

ridicule lächerlich

vibrer vibrieren

■ ■ une dizaine etwa zehn; um die zehn

■ ■ le Palais des festivals der Festivalpalast (*in Cannes*)

magnifique wunderbar; wunderschön

un adorateur/une adoratrice ein Anbeter/eine Anbeterin

s'installer sich setzen

C'est bon signe. Das ist ein gutes Zeichen.

Personne ne … niemand …

■ ■ une marche eine Stufe

une vingtaine etwa zwanzig

un policier/une policière ein Polizist/eine Polizistin

une cinquantaine etwa fünfzig

un panneau *hier:* ein Plakat

■ ■ un palmier eine Palme

une coiffure eine Frisur

■ ■ un jury eine Jury

■ ■ suivant/suivante folgender/folgende/folgendes

le gala d'ouverture die Eröffnungsgala

un détail ein Detail

un terminus die Endstation

la lumière das Licht

nerveux/nerveuse nervös; aufgeregt

luxueux luxuriös

Leica *Name eines berühmten deutschen Kameraherstellers*

Nantes *Stadt im Westen Frankreichs*

■ ■ Royal de Luxe *Straßentheatertruppe aus Nantes*

une agence eine Agentur

■ ■ Pourriez-vous…? Könnten Sie … (*bitte*)?

■ ■ une personnalité eine Persönlichkeit

une condition eine Bedingung

une étoile ein Stern

■ ■ la Croisette *Boulevard in Cannes*

une exclusivité ein Exklusivrecht

photographier fotografieren

■ Les Vieilles Charrues *Popfestival in der Stadt Carhaix in der Bretagne*

■ la Bretagne die Bretagne

■ ■ international/internationale/internationaux/internationales international

vendre verkaufen

■ ■ une machine eine Maschine; *hier:* ein Apparat

■ ■ inconnu/inconnue unbekannt

■ ■ le public das Publikum; die Öffentlichkeit

■ ■ avoir besoin de qc/de faire qc etw. brauchen; etw. tun müssen

Chapitre 2

une starlette ein Filmsternchen

■ ■ se promener spazieren gehen

■ ■ large/large breit

■ ■ l'espoir (*m.*) die Hoffnung

une foule eine Menschenmenge

un manifestant/une manifestante ein Demonstrant/eine Demonstrantin

une direction eine Richtung

un tapis ein Teppich

■ une porte eine Tür

■ ■ géant/géante riesengroß

un maquilleur/une maquilleuse ein Maskenbildner/eine Maskenbildnerin

pleurer weinen

un cri ein Schrei

un bouton *hier:* ein Pickel

un dîner ein Abendessen

un hall eine Eingangshalle

parisien Pariser

remercier qn sich bei jdm. bedanken

un café express (*hier:* Abkürzung „un express") ein Espresso

le luxe der Luxus

■ ■ la hauteur die Höhe

■ ■ la largeur die Breite

■ un chapiteau ein Zirkus-, ein Festzelt

le bonheur das Glück

- ■ ■ **énorme/énorme** riesig; Riesen-
- ■ ■ **durer** dauern
- **reconnaître qn** jdn. erkennen
- **bronzé/bronzée** braungebrannt

- ■ ■ **un drame** ein Drama
- **un visage** ein Gesicht

- ■ ■ **une scène** eine Szene; eine Bühne
- **une boîte** eine Schachtel
- **un oubli** ein Versäumnis; *hier:* eine Nachlässigkeit

- ■ ■ **il s'agit de qn/qc** es handelt sich um jdn./etw.
- **un chocolatier/une chocolatière** ein Schokoladenfabrikant/ eine Schokoladenfabrikantin

- ■ ■ **une tonne** eine Tonne

- ■ **un/une zombie** ein Zombie

- ■ ■ **ancien/ancienne** alt (*nach dem Nomen*); ehemalig (*vor dem Nomen*)
- **sourire** lächeln
- **libre/libre** frei
- **regretter** bereuen
- **être assis** sitzen
- **le cuir** das Leder
- **une fleur** eine Blume
- **suivre qn** jdm. folgen
- **une bouche** ein Mund
- **plat/plate** flach
- **un plateau télé** ein Fernsehstudio
- **blesser qn** jdn. verletzen

- ■ ■ **en bas de** unten; unterhalb von

- ■ ■ **une caméra** eine (Film-)Kamera
- **un technicien/une technicienne** ein Techniker/eine Technikerin
- **enlever** abmachen; absetzen
- **pleurer** weinen

- ■ ■ **une prestation** eine Darbietung; eine Leistung; ein Bühnenauftritt

Chapitre 3

- **la vengeance** die Rache
- ■ **un défilé** ein Umzug; eine Parade

- ■ ■ **un grand couturier/une grande couturière** ein Modeschöpfer/eine Modeschöpferin

- ■ ■ **une attraction** eine Attraktion

- ■ ■ **un bijou/des bijoux** ein Schmuck; ein Schmuckstück; Schmuckstücke

- ■ ■ **une centaine** etwa hundert
- **un serveur/une serveuse** ein Kellner/eine Kellnerin

- ■ ■ **marcher** gehen; laufen
- **vide/vide** leer
- **un troupeau** eine Herde
- **brillant/brillante** glänzend
- **bruyant/bruyante** laut
- **partager qc avec qn** etw. mit jmd. teilen
- **un frigo** ein Kühlschrank
- **je m'en fous (*fam.*)** es ist mir egal (*ugs.*)

- ■ ■ **un dessin animé** ein Zeichentrickfilm
- **une guerre** ein Krieg

- ■ **une poubelle** ein Mülleimer; ein Abfalleimer
- **un garde du corps** ein Leibwächter

- ■ ■ **s'adresser à qn** sich an jdn. richten; sich an jdn. wenden

- ■ ■ **se renseigner sur qn/qc** sich über etw./jdn. erkundigen
- **se moquer de qn/de qc** sich über etw./jdn. lustig machen
- **se faufiler** sich schleichen
- **un mariage** eine Hochzeit
- **se souvenir de qn/qc** sich an jdn./etw. erinnern

Chapitre 4

- **une disparition** ein Verschwinden
- **protester** protestieren

- ■ ■ **nu/nue** nackt
- **défendre** verteidigen
- **une association** ein Verein

- ■ **l'étranger (*m.*)** das Ausland

- ■ ■ **étranger/étrangère** ausländisch; fremd

un **monstre sacré** *„ein heiliges Monster",*
eine Größe aus der Welt des Films oder des
Theaters
un **étudiant/une étudiante** ein Student/eine
Studentin
un **modèle** ein Vorbild

■ ■ un **billet** eine Fahr-, Eintrittskarte
un **maître** ein Herr
une **ouverture** eine Eröffnung

■ ■ un **mélange** eine Mischung
une **portière** eine Autotür
un **signe** ein Zeichen
une **dent** ein Zahn
s'**adapter à qc** sich einer Sache anpassen
déçu/déçue enttäuscht
enlever *hier*: ausziehen

■ ■ un **renseignement** eine Auskunft
un **calcul médiatique** eine medienwirksame
Berechnung

■ ■ une **publicité** *(fam.: une pub)* eine
Werbung; ein Werbespot
une **projection** eine Vorführung

■ ■ un **décor** ein Bühnenbild; eine Sze-
nerie
une **mise en scène** eine Inszenierung
maigre mager
le **service d'ordre** die Security

■ ■ **Quel cinéma!** Was für ein Theater!
être assis sitzen

■ ■ se **souvenir de qn/qc** sich an jdn./etw.
erinnern

■ ■ **auprès de** bei
tuer umbringen
promettre qc versprechen

Chapitre 5

une **gueule de bois** ein Kater
une **gueule** ein Maul; ein Gesicht
la **police** die Polizei
la **vitesse** die Geschwindigkeit; das Tempo

■ ■ un **éléphant** ein Elefant
un/une **commissaire** ein Kommissar/eine
Kommissarin
une **enquête** eine Ermittlung

avouer zugeben; zugestehen

■ ■ **donner rendez-vous à qn** sich mit
jdm. verabreden
vexé/vexée beleidigt; gekränkt
poser qc etw. stellen; etw. legen
un **gouvernement** eine Regierung
la **guerre** der Krieg
l'**avenir (m.)** die Zukunft
une **conséquence** eine Folge; eine Konse-
quenz
une **amande** eine Mandel
un **suspect** ein Verdächtiger/eine Verdäch-
tige

■ ■ **haut/haute** hoch

■ ■ **en haut** oben; nach oben
de bas en haut von oben bis unten
n'auraient pas *Verb* avoir *im Konjunktiv:*
hätten nicht
gâcher qc à qn jdm. etw. vermasseln
se **transformer** sich verwandeln
la **tristesse** die Traurigkeit
J'aurais pu le tuer. Ich hätte ihn umbringen
können.
un **film policier** ein Kriminalfilm
un **petit four** ein exquisites Kleingebäck
un **complice/une complice** ein Komplize/
eine Komplizin
être capable de faire qc im Stande sein,
etw. zu tun
un **témoin** ein (Trau-)Zeuge/eine (Trau-)
Zeugin
être impressionné/impressionnée beein-
druckt sein
Asseyez-vous! Setzen Sie sich!
elle serait *Verb* être *im Konjunktiv: sie wäre*
soupirer seufzen
refuser qc à qn jdm. etw. ablehnen
une **corne de gazelle** *„ein Gazellenhorn",*
orientalisches Gebäck
un **baklava** *orientalisches Gebäck*
une **pâtisserie** eine Konditorei; ein Gebäck
surveiller überwachen
la **jeunesse** die Jugend
la **minceur** die Schlankheit
un **contrat** ein Vertrag
un **poids** ein Gewicht

une **maisonnette** ein Häuschen
un **morceau de pistache** eine Pistazienstück
un **cuisinier/une cuisinière** ein Koch/eine
  Köchin
une **bague** ein Ring
être marié verheiratet sein
la **gentillesse** die Freundlichkeit

Chapitre 6

■ ■ un **accident** ein Unfall
un **avocat/une avocate** ein Anwalt/eine
  Anwältin
suivre qn/qc jdm./etw. folgen
un **port** ein Hafen
une **excursion** ein Ausflug; eine Exkursion
à bord d'un petit bateau an Bord des klei-
  nen Bootes
une **prison** ein Gefängnis
l'**homme au masque de fer** *der Mann mit
  der eisernen Maske war eingeheimnisvoller
  Staatsgefangener von Ludwig XIV.*
un **prisonnier/une prisonnière** ein Gefange-
  ner/eine Gefangene

■ ■ un **lieu/des lieux** ein Ort/Orte

■ ■ un **chantier naval** eine Werft
tranquillement ruhig
conseiller beraten
un **thé à la menthe** ein Pfefferminztee
l'**un l'autre** alle Beide

■ ■ **autant de (... que)** so viele (wie)

■ ■ une **marionnette** eine Marionette;
  eine bewegliche Figur
un **con** *(fam.)* ein Vollidiot *(ugs.)*
soit *konj. Verb* être *im Subjonctif*
un **tri** eine Auswahl
un **dossier** ein Ordner
copier kopieren

Chapitre 7

inoubliable unvergesslich
on dirait ... que es sieht so aus, als ...(*Verb*
  dire *im Konjunktiv*)
enlever *hier*: entführen
une **horreur** *hier*: das Entsetzen
un **criminel** ein Mörder; *hier:* ein Verbrecher
forcer qn à faire qc jdm. zwingen, etw. zu
  tun
armé/armée bewaffnet
un **bandeau** *hier*: eine Binde; ein Stirnband;
  ein Haarband
un **coup** *hier*: ein Klopfen

■ ■ le **métal** das Metall

■ ■ le **bois** das Holz
une **libération** eine Befreiung
un **délice** ein Genuss
lent/lente langsam
lentement langsam
un **fantôme** ein Gespenst
mordre beißen; abbeißen
arrêter qn *hier*: jdn. festnehmen
recommencer wiedermachen
provençal/provençale provenzalisch
la **lavande** Lavendel
le **thym** der Thymian
louer mieten; verleihen
un **virage** eine Kurve
cannois/cannoise aus Cannes
une **fontaine** ein Brunnen
dénoncer denunzieren; verraten
un **crime** ein Verbrechen; ein Mord

■ ■ **avoir lieu** sich ereignen/stattfinden
un **mort/une morte** ein Toter/eine Tote
l'**altitude** die Höhe
des **chaussures de marche** die Wander-
  schuhe
la **suite** die Fortsetzung
l'**impatience** die Ungeduld
le **lin** das Leinen
fidèle treu
vérifier qc etw. überprüfen
retirer sa plainte eine Klage zurückziehen
se mettre à qc mit etw. anfangen